이종현

　전북 임실에서 태어나 강원도 춘천에서 살고 있다. 2023년《경남신문》신춘문예 시조 부문에 당선되어 작품 활동을 시작했다. 〈중앙시조백일장〉장원, 〈전국한밭시조백일장〉대상, 〈전국지용백일장〉대상(자유시), 〈김유정기억하기전국문예작품공모전〉운문 부문 대상을 수상했다. 한국장애인문화예술원의 장애예술 활성화 지원사업에 선정되었다. 현재 대한장애인역도연맹 상임심판이다.

아내, 활을 쏘다

실천문학

제1부

제2부

제3부

제4부

제1부

홍시

떫은 여름 우려낸

노루 꼬리 햇살들이

감나무에

똬리 틀어

등 하나

걸어두면

툇마루

채반 속 가득

불 밝히는

어머니

작업복의 하루

서둘러 챙긴 아침 어둠별을 둘러메고

문 앞의 지문 인식 꾹 눌러 확인했다

곁눈질 오차도 없이 일구던 터전 저 켠

한 달 몫을 가늠하던 언어들이 맞물려

정전도 아닌 멈춤, 굴뚝은 무호흡이다

기계에 눌러 붙은 정적 녹슬어 가는 시간들

둘러업은 막내가 머리띠 손에 쥐고

울안에 갇혀버린 나를 훔쳐 읽는다

물꼬 틀 기색이 없어 앓아누운 작업복

오징어와 아버지

집어등 조명 아래 주낙을 입에 물면

먹물 젖은 하늘 위 별빛이 출렁인다

비릿한 하루를 신고 들어서는 어판장

빌딩 숲 누비다가 발목을 접질린 채

땀방울 닦은 수건 햇살에 내걸었다

소금에 젖은 아버지 하루를 흥정한다

햇살의 기울기가 낮아지는 골목 저편

속에 것 다 내주고 돌아앉은 그림자가

오징어 쭉 찢어 든 채 소주병에 젖는다

오후 5시

한 움큼의 햇살이 걸터앉은 들마루
걸레로 훑은 자리 바람에 서걱일 때
점점의 그림자 하나 눙치는 골목 끝 집

가풀막 달려왔던 발걸음 되새기다
머리맡에 꺼내 놓은 질주의 버릇들이
둥근 테 기억 다잡아 돋보기로 읽었다

자투리 그러모아 호흡을 불어넣고
흔적을 갈고 닦아 갈기 세운 오후 5시
품안의 온도를 지펴 갓길을 마름질한다

몫의 기울기

서둘러 문을 나선 새벽녘 발걸음이
그림자 드리운 골목 저편에 앉아
잔 가득
목젖을 타고
출렁이는 하루해

한 달 몫을 가늠하는 저울 눈금 경련에
조각난 숫자 퍼즐 짜깁기 하는 아내
사내가
오늘을 펼쳐
그림자 덧칠했다

도심 속 언저리를 맴돌던 발걸음이
고의춤 움켜쥐고 시소를 타고 있다
중심축
톱니바퀴는
기울기 재촉한다

테라코타

그리스 타나그라 지방에 살고 있는
한 무리 테라코타가 팥소를 품에 안고
사거리 손수레 위로 따끈하게 파닥인다
물장구 유희들을 한 움큼 움켜쥐다
빵틀 속에 꼬리치며 엎치락뒤치락
가스불 원탁 맴돌다 설익어 깃든 시간
밀반죽 헤엄치던 일상의 하루해가
도심의 물길 속을 거슬러 터를 잡는,
밀랍 속 생의 줄기를 구워 담는 붕어빵

이발관에서

목 아래 드리워진 백색의 보자기에
점점이 짙어 쌓인
잘려나간 욕망들
한참을
곱씹어 본다
잡초의 모습 하나

거품 뒤에 새파랗게
얼굴이 시원하다
눈을 감고 읽어보는 날 끝의 엄숙함에
충동은
수평선 아래
정제되는 이 순간

종이컵

무시로
찾는 손길에

일회용 햇살
움켜쥐고

물 한 잔
소주 한 잔

남아내는
하루해

오늘도
휴지통에 툭!
김씨가 몸을 푼다

사양斜陽의 그늘

노촌이라 불리우는 노총각 고향집에
한여름 적막들로 만삭이 된 벼 포기들
참새 떼 잦은 입방아만 가을걷이 재촉했다

햇쑥한 낟알들이 헛기침을 쏟아내며
공판장 맨 앞줄에 가격을 기다린다
외로 선 아버지 그림자 장승처럼 서 있다

저울 값을 가늠 못할 불신의 그 언저리
장마의 내림굿에 농심마저 침몰하고
요란한 굿판 아래에 가쁜 숨만 헐떡인다

소나기

후드둑! 건반을 치는 선녀의 손가락 끝에
자장가로 흐느끼는 지붕 위의 아픈 선율
가슴에
파문이 일어
유년이 눈을 뜬다

우연 속에 다가오는
그리운 모습 있어
처마 밑에 몸을 숨겨
영상을 지우다가
한순간
바람이 일어
푸른 기억 끝이 났다

12월

열두 마당 달려온
숨가쁜 초침 위에

흔적은 여백으로
뒤척이는 고갯마루

내일을
잉태한 선율,
침묵 속에 젖는다

초병 일기

횡격막 가로 놓인 들숨과 날숨의 곳
등 돌린 아버지의 역사를 품에 안고
날刀 세운
초병의 하루

음색은 동화되어 갈래 길 넘나들 때
짙어 오는 요통에 방아쇠 움켜쥐고
가늠쇠
오늘을 겨눈
푸른 숨결 눈초리

저 능선 언저리에 염원을 걸어놓고
묵언 속, 아버지의 흔적을 닦아 낸다
평화의
푯대가 되어
길을 여는 새벽녘

수산시장의 수족관

촛불 밝히는 목소리 침묵에 젖어 들자
수족관 기포기에 호흡이 사라졌다
발걸음
바람을 타고
문턱을 넘나들 뿐

어시장 수족관이 헝클어진 담벼락에
이끼를 끌어안고 흔적을 말리다가
한가득
낙엽을 담아
허기를 달래고 있다

기억을 꺼내 놓고 햇살을 다독이며
날이 선 손놀림이 오늘을 손질하다
재개발
붉은 글씨에
숨이 멎은 수산시장

말을 뜨다

몸살 앓은
언어를
기역 니은
격자로

엄지 검지
말을 엮는
묶음의
손뜨개질

손끝에
속울음 담아
백합 한 송이
피었다

봄·봄

마실 나간 봄 햇살 뒤란에 들어서면
동구 밖 서성이던 수척한 바람들이
헛기침 한가득 풀어
잔가지를 깨운다

마루에 걸터앉아 침묵을 털어내면
꽃가지 새순들이 부스럼 긁적이다
링거를 꽂은 생채기
녹즙에 움찔움찔

대궁을 밀어 올린 아우성의 흔적이
고의춤 움켜쥐고 겹겹이 얼룩진다
초록이 조울증 앓는 봄날에
가슴은 꽃물진다

어머니, 깔깔이*를 박다

고집을 헐지 못해 가로 놓인 철책선
이분법 한가운데 아들을 들여놓고
드르륵
야근을 밟는
봉제 공장의
어머니

면회를 기다리는 눈빛을 철모 속에
숨겨놓은 올곧은 사진 한 장 훔쳐보며
땀땀이
담아내는 정情
깔깔이를
누빈다

혼돈이 여울지는 오늘의 햇살 아래
아들에게 보내는 깔깔이의 박음질

* 깔깔이 : 군인들이 입는 방상 내피

바늘에

찔린 손톱이

파랗게

짙어 온다

엑스레이 촬영

허방을 짚은 발목

헤집고 볼 수 없어

한 컷의 엑스레이

작은 골절 찾았다

금이 간

내 사랑 찍었더니

흔적 없는 통증뿐

고갯마루의 창

망이 찢어질 듯 유모차에 실린 마늘

한 칸 반 보금자리 황 씨 할매를 찾는다

가쁜 숨 들어선 대문 적막이 출렁인다

짙어 오는 신경통 허리춤에 쟁여놓고

등 굽은 그림자가 벗겨내는 하루해

열두 접 쌓인 흔적에 손톱이 닳아간다

햇살이 비뚜름히 여백을 흘금대다

물에 불린 시간 속 눌러앉은 그림자

지상권 스러진 부업 오늘도 창을 넘다

제2부

수도꼭지를 틀다

내딛은 발걸음을 주머니에 구겨 넣고

하루를 씻기 위해 손잡이를 돌린다

꼭지는 냉수가 직수 온수는 침묵이다

오른쪽, 왼쪽으로 길들여진 버릇이

흔적을 받아 들고 햇살을 가늠하다

조각난 풍경을 쥐고 씻어내는 저물녘

물방울 젖어 드는 눈금을 가늠하고

기울기 묻어나는 시간을 색칠한다

눅눅히 젖은 하루해 이불 덮어 재운다

마네킹

쇼윈도 언저리 오늘을 둘러 입고
귀를 열어 창밖의 발걸음 엿듣다가
젖살의 미소 한가득 맞이하는 마네킹

흥정에 돌아서는 뒷모습 배웅할 때
한풀 꺾인 하루해 느리게 걷는다
성장판 멈춘 그 자리 표정은 붙박이다

몸피에 한풀 꺾인 숫자를 붙여놓고
품 안의 온도 지펴 발걸음 재촉하다
폐업의 붉은 글씨를 읽어가는 마네킹

새 바벨탑

피톨을 덧씌운 콘크리트 숲 속에
잘려나간 뿌리가 붉은 숨결 뱉는다
하늘가 닿은 풍경이 회오리치고 있다

문밖의 발걸음이 욕망을 창조할 때
짙어오는 수치數値가 기단을 쌓고 있다
우뚝 선 바벨탑 그 아래 오늘이 뒤척이다

눅눅한 햇살 아래 몸살 앓는 뼈마디
한 움큼씩 쌓인 들녘 바람에 일렁이다
범람을 꿈꾸는 버릇 챙겨 주는 빗줄기

면도를 하다

거울 앞에 서 있는 허방 짚은 흔적이
볼부터 입과 턱으로 부스스 웃고 있다
미간이 좁혀진 아침 쓰린 하루 묻어 있다

자화상을 읽으며 면도날에 맡긴 얼굴
익숙한 손놀림에 의식을 시작한다
비뚜로 걷던 어제를 다잡는 아침 시간

거품으로 거뭇한 욕심을 잠재우고
모공을 열어젖혀 각도를 가늠한다
순방향 한 번 역방향에 일상을 마름질한다

아버지의 기상도

장마철, 아버지의 하루가 계속된다
오름의 예보는 쾌청 또는 눅눅하다
가끔은 바람과 안개 문턱을 넘나들 뿐

굴러가는 버릇을 눌러쓴 눈초리가
기억의 둥근 테를 머리맡에 놓아두고
질주를 되새김하다 햇살에 졸고 있다

산 위의 기상 일기 닮아 있는 어머니가
텅빈 호주머니에 잔소리를 불어 넣는
웅크린 신발 한 켤레 바람에 뒤척인다

아내, 활을 쏘다

연애할 때

내 화살

과녁으로 받아주고

잔 가득

삼십 년을

웃음 살풋 채워 주던,

아내가

시위를 당긴다

자음 모음 날이 서다

거미

거꾸로 읽는 풍경 습성은 떨고 있다
흔들거린 모습에 가늠하는 저울 눈금
선연한
콘크리트 창
빗방울 젖어든다

골조를 감싸 안은 시멘트 빙벽에
허공 가득 출렁이다 뒤척이는 생명줄
움켜쥔
건물의 균열
줄타기하는 오늘

겸상

붉은 근육과 날개는
하루를 채우려고
익숙한 걸음으로 광장을 걷고 있다
바닥에
길들인 비둘기
하늘이 서먹하다

급식소 천막 옆 오가는 일 잦아지고
쿨럭이는 밭은기침 식판을 비워낼 때
행인이 흩뿌린 먹이 겸상을 하고 있다

서둘러 끝난 만찬
공원에 눌러앉아
시간을 색칠하는 주연이거나 조연

태생이
건조한 팝콘

식도는 목마르다

철새

황혼을 비벼나가는

긴 여로의 춤사위

구름에 시린 기억

실어 놓은 먼 시선들

허공도

가슴을 졸이던

외로 선

계절을 떨구었어

열쇠는 좌우로 행동한다

현관을 나설 때면 열쇠를 오른쪽으로

두 평 반 공간을 격자로 움켜잡았다

철커덕, 하늘을 열고 발걸음 배웅한다

빗금진 풍경 한 폭 다독이며 엮어 가다

빗장을 열어젖힐 자물쇠 그 앞에서

왼쪽을 잃은 하루해 손잡이만 헛돈다

허공 한 짐 걸머진 화첩을 펼쳐 놓고

들숨 날숨 그러모아 색칠하는 발걸음

조각난 풍경을 쥐고 땀방울 씻는 저물녘

거울 앞 의자

숲은 숱으로 흔적을 드러낸 의자가
거울을 당겨 앉아 자태를 읽고 있다
대지는 분할 등기로 숭숭 뚫린 모공들

가위는 옆자리의 다복솔 흘깃대다
익숙한 손놀림에 진화를 거래한다
창밖의 올곧은 풍경 창조된 뿌리 하나

울창한 정수리 갸웃대던 눈초리에
제 머릿결이라는 단내 묻은 입놀림
사이길 들어앉은 의자 오류를 빚어내다

흔적

소매로 가려진 내 손목의 흔적 하나

손 내밀 때 시선이 멈칫하다 웃는다

마음속 너머 갸웃한 표정이 젖어든다

주저 흔, 호흡을 덜어내는 선이 아니다

하루를 엮기 위해 매달리다 미끄러진

골절로 핀 고정한 후 제거한 상처였다

새벽녘 발걸음이 공사장을 서성이다

구멍 뚫린 철판을 딛고 선 나들이

문밖의 모난 풍경을 가슴에 새긴 흔적

국밥 한 그릇

시래기 다듬을 때 지랄 맞은 통증이

허리춤에 한바탕 소란스레 쟁여온다

도마 위 풋고추 가득 눈치 없이 파랗다

무쇠솥 장작불에 시간을 우려내고

엉겨 붙은 한 소절 질펀하게 부릴 때

숨죽여 바깥세상을 훔쳐보는 솥뚜껑

비뚜로 걷는 허기가 뚝배기로 절벅절벅

걸어온 흔적들을 손으로 다독인다

등 굽은 정을 한 움큼 가득 채운 퇴근길

봉동리*의 봄

형광등 불빛 아래 앉은뱅이 꽃으로
허리 솔기 잇대는 재봉틀의 촉수들
자꾸만 끊어지는 밑실에
봉동리 숨이 멎는다

드르륵 조각보를 밟아오던 햇살이
내려앉은 침묵에 녹슨 풍경 몰고 온다
고집을 헐지 못한 이분법
빗금진 공단의 창

겨울의 버릇 속에 습관처럼 앓다가
언어는 방전되어 뒤척이는 나들목
황사가 걸어 잠근 문
푸른 매듭 뒹굴다

-----

* 봉동리 : 개성공단이 위치한 판문 구역 내 마을

저물녘

山 목을 휘어 감아 능선에 젖은 일몰
잉아는 씨줄 날줄 빚어내는 저물녘
고요를 깁는 풍경을
움켜쥐고 들썩인다

채비를 앞질러온 노을을 그러모아
마름질한 뒤안길 바지랑대에 걸었다
자투리 흔적을 찾아
일어서는 그림자

한 획을 긋지 못해 역류를 꿈꾸다가
간이역 출구 앞에 서성이던 발걸음
실족에
움켜쥔 오늘
건져 올린 저물녘

산벚꽃

늘그막 앓아오다 옹알이 햇살 속에

먼 길을 재촉하신 아버지의 흔적

잔기침 짙어오는 4월 마른버짐 피었다

하늘 열리다

오늘의 숨결들이 침몰하는 자리에
언어는 맞물리어 하루해가 저문다
초벌을 갈아낸 듯한 먹물 같은 하늘이다

흩어져 내린 문밖 현장을 바라보다
날 저문 시간 속에 오한이 잦아든다
어둠에 찢긴 나래가 균형 잃고 파닥인다

편린의 어둠 속에 누수가 일고 있는
살가운 햇살 아래 유산이 스러진다
오늘은 창공을 향해 싹 하나 떨구었다

그리움

흘어진 꽃잎 모아 사진첩 펼쳐보면

푸릇했던 기억 저편 부침하는 네 모습

결 고운 풍경 소리에

달맞이꽃 피었다

제3부

꽃물 들다

앙다문 겨울 산에

햇살이

틱틱 탁탁

발화점 타고 오른

진달래

꽃잎 아래

할머니

맞불 놓는다

손톱에 꽃물 들다

그림자 세탁

창가에 내걸린 한 움큼의 햇살 쥐고
아침, 침묵을 털고 길을 찾아 나섰다
돌아선 발걸음 위로 젖어드는 그림자

날日에 베인 구두가 뒤꼍에 몸을 풀고
빗질, 산란하는 흔적을 담아내고 있다
문턱을 넘지 못한 채 서성이는 발걸음

길 위에 눌러앉은 들숨 날숨 그러모아
가슴으로 데운 물 시간은 넉넉하게
땀방울 한가득 풀어 햇살에 내걸었다

고드름

날刀 세운
바람 속에
수직의 발걸음이
거꾸로 상을 읽는
동화 한 소절 뚝! 뚝!
물 고인
계절의 길목
동면이 꿈틀댄다

계절 끝의 바람을
처마 끝 쟁여놓고
온몸으로 공글리다
물구나무 선 꽃대
햇살에
제 몸을 덜어
아지랑이 색칠한다

풍선론

태생은 말이야 얇게 저민 탄성고무

입을 모아 날숨으로 한가득 넣는 거야

입구가 새지 않도록 묶는 것도 필수지

장소는 상관없이 혀의 경력이 필요해

팔방이 팽창해야 골목을 떠돌다가

부풀어 오른 소식에 귀가 달큼하거든

바람결 그러모아 은밀하게 덧칠할 때

귀를 닫고 돌아서 뚜벅뚜벅 걸어야 해

풍선을 부는 입버릇 생이 가벼울 뿐이야

입안의 상처

양치를 하다 입안 점막에 생긴 상처
연고 한 개 덜어내도 아물지 않는다
사는 맛 잘근거리다 뒤척이는 하루 해

우물쩍 삼키려다 넘기지 못한 고개
식도 앞에 웅크린 오늘이 저려온다
도지는 통증 너머로 혓바늘도 아우성

줄을 선 입 밖의 풍경을 기웃대다
주머니 기울기에 어깨가 땅을 밟는다
상처는 메뉴 앞에서 새살 돋을 겨를 없다

사이드 미러가 없다

길을 지르밟는 바퀴에 왼쪽으로 하나
오른쪽에 볼록 거울 또 하나 거느리고
후방을 흘금거리며 문밖을 주행한다

옆으로 끼어들고 경적이 채근해도
앞만 보고 내달리다 신호등에 멈출 뿐
가풀막 올라갈 때에 언제나 혼자였다

차고지 몸을 풀고 가쁜 숨 몰아쉬다
언뜻 내비치는 거울 속의 얼굴 하나
방전된 아버지 차는 사이드 미러 없었다

풍경을 잇다

퇴근길 재촉하던 동수 씨 발걸음을
잔蓋에 젖은 자동차 겨를 없이 훔쳤다
등기부 사라진 집 한 채 마흔 살이 무너졌다

침대가 머물기에 좁은 창가 옆에서
조각난 풍경 하나 추락할 여유가 없다
자투리 햇살 움켜쥐고 통증에 수를 놓는다

바람에 잃어버린 빗금진 보폭을 찾아
문턱 넘어 길 여는 휠체어의 굳은살
돌부리 채인 바퀴로 쏟아내는 붉은 향기

이사

나무를 옮길 때 가지들을 자르고

겨를이 없을 때는 꽃대 하나 얹어

제 살을 한 움큼 챙겨 고무줄로 묶었다

밟혀진 잔뿌리를 움켜쥔 아버지 뒤로

산을 이고 섰던 둥치 뽑아 옮기던 날

경적을 뱉은 트럭이 길을 재촉한다

빌딩 숲의 활착이 거리를 흘깃대다

몸을 비워 둥지 틀고 뒤척이던 그림자

새벽녘 고샅길 질러 승합차에 몸을 싣고

챙겨온 관절염을 햇살 아래 풀어놓고

사다리 성큼성큼 품삯을 부릴 때에

전봇대 위 집 한 채가 마른기침 삼킨다

무명사無名寺

절 가는 길옆에서

나물 파는 할머니

산새들 노랫소리

한 움큼 얹어주던,

고의춤

텅 빈 하루해

부처가 졸고 있다

녹綠, 꽃을 피우다

도심 속 모퉁이에 졸고 있는 대장간
늙은 풀무질이 밭은기침 쿨럭이며
날 세운 도심의 창을 담금질하는 오후

부려 놓은 몸 철철철鐵鐵鐵 녹슬어 내릴 때
호출을 기다리다 용광로 훔쳐 읽는다
나앉은 나사 하나가 밑그림을 그리고 있다

쉿물에 녹아내린 기억을 꺼내 들고
메질로 어루만져 질번하게 다독인다
녹슨 꽃 마름질하는 빌딩 숲 부산하다

어떤 개구리

침묵을 털고 나온 개구리 한 마리가
낯설은 풍경 앞에 한참을 서성이다
첨버덩
물에 젖고서야
살던 곳임을 알았다

묵정밭 자투리까지 들어선 건물 속에
뛰놀던 기억들을 한 움큼 묻어 놓고
떳다방
급매물 찾아
갈아타기 열중이다

일몰

햇살은 희석되어

산 목을 휘어 감고

골짜기 절 하나가 고요를 깁는다

능선에

일필휘지로

무명 화가의 수묵화

게놈 지도를 읽다

1.
사냥꾼이 수컷을 겨냥한 저 너머로
화분 속 무정란 품고 번식을 색칠했다
동물원 자리를 잡은 황새 암컷의 날개

아무르강 유역의 새끼 한 쌍 들여 놓고
그물망 공간 속에 읽어내는 게놈 지도
복제로 날개를 찾아 무성하게 날고 있다

2.
눈금으로 가늠한 수치를 받아 들고
열국의 누이들이 둥지 틀어 앉았다
곰삭은 들녘의 얼굴 낯설어 뒤척인 밤

잔에 젖은 남자가 안겨준 몸의 색조들
푸른 흔적 앞에 놓고 비상을 덧칠하다
길 떠난 모국어 한 소절 하늘을 날고 있다

톡(Talk)!

귓속을 넘나들던 음성을 지르밟고
스치거나 건드려 기호를 포획한다
액정에 엄지 검지로 호흡을 불어넣다

자음 모음 찾아 창을 열고 생성할 때
나앉은 목울대가 갸웃하게 눈을 뜬다
기능을 상실한 후두에 잠이 든 달팽이관

톡! 톡! 읽으며 걷는 한 폭의 풍경 아래
길을 잃은 음절이 붉은 숨을 토한다
세포에 전이된 오늘 바지랑대에 내걸다

막, 막을 막다

소문이 달팽이관에 젖어 들기 전에
세상에 툭! 뿌리 없는
풍경 덜컥 낳았다
산란한 흔적 없는데 모두 입을 막았다

낯설지 않은 시간 속에 막처럼 쌓여 가고
거리는 들불처럼
장막을 두르고 있다
한 움큼 햇살마저도 제 몸을 덮고 있다

뿌리를 포획하려 닦아내는 몸짓들이
화폭을 덧칠하려
줄지어 일어선다
세포에 전이된 오늘 막, 막을 막고 있다

모야모야[*] 이름표

뿌리가 어슴푸레한 뇌 속의 통증들로
출근길 나를 찾아 잠들었을 세 살배기
가쁜 숨
내뿜는 가습기
호흡을 대신한다

새살대던 웃음이 며칠째 눈을 감고
무균실 침묵 속에 미동도 없는 나날
링거 줄
매달린 내가
용서를 빌고 있다

메스의 흔적들을 딛고 설 발걸음에
병실의 모야모야 이름표를 다독이며
어머니

---

* 모야모야 : 주로 어린이에게서 발병되는 뇌혈관의 희귀병

원죄를 안고

무릎 꿇어 지새는 밤

번데기의 꿈

사거리 자리 잡은

할머니의 양은솥

내민 손길 없어

번데기가 졸고 있다

길에서

몇 밤을 지새워야

고치에 몸 뉘일까

바닷가에서

파도에
멀미하는
아스팔트 흔적들이

수신인 없는 우편물
물비늘로 여울진다

토하고
돌아선 등대
외로 선
섬은 멀어지고

제4부

등을 읽다

앞을 보고 걷다가 가끔 뒤를 바라볼 뿐
함께 걷고 있는 등, 읽은 적 없었다
햇살은 가슴 몫으로 앞서 걷지 않는 그

고단한 흔적들 방바닥에 부려 놓고
뒤척이는 밤을 다독이지 못했다
일어나 기대앉은 상처 눈치채지 못했다

업어준 기억들을 손에 움켜쥐고
쓰러진 벽 아래 아버지가 있었다
내밀지 못한 그리움 쿨럭이고 있었다

밑받침

밑받침이 바람에

씻겨간 문패 속 이름

귀를 닫고 여섯 살

품에 안은 한 생애

하머니,

첫 글자 붉은색

ㄹ 붙이다가 울컥

기웃대던 새

문밖을 넘나들던 새 기억을 움켜쥐고
소란스레 기웃대는 탈출의 눈빛 하나
날갯짓 기회를 잃고 틈새로 추락했다

먹이를 받아 들고 식도를 채우다가
횃대에 올라앉아 오늘을 읽고 있다
비상을 꿈꾸는 날개 하루해가 저문다

깃털을 털어내고 몸피를 덜어내면
새장 문이 열려 날 수 있다는 것을
아직도 알지 못하고 파닥이고 있었다

정전

외마디 불꽃 아래

퓨즈가 끊어졌다

찰나의 순간이다

승강기는 동작 그만

얄궂다

낯설은 계단

잃어버린 직립보행

휴지

버려지는 몫을 위해

침묵을 그러안고

흔적을 기다리다

무심하게 훔쳐 낸다

툭 던져

몸 누인 곳에

자화상 펼쳐 보다

하늘동 1번지

창문으로 팔을 뻗어 안부를 건네받고
왕래가 비좁아도 비껴서며 웃고 가던
살냄새
질펀한 터전에
출렁이던 골목길

여러해살이 흔적들 뿌리가 뭉텅 잘려
세포 돌기 상처가 피톨을 덧씌웠다
빌딩 숲
밑그림 위에
펄럭이는 딱지 한 장

질통에 몸을 맡긴 아버지 어깨 위로
빗금진 햇살들이 층층이 세운 골격
하늘동
터전을 밟아
1번지를 잃었다

황태, 몸을 풀다

바닷속 기억들을 갑판 위에 부리고
비릿한 언어마저 얼음 속에 쟁였다
내설악 입적하던 날
눈꽃이 한창이다

파도에 몸살 앓던 흔적을 끌어안고
횡계리 들어설 때 사나워진 눈보라
속울음 덕장에 내걸고
묵언수행에 들다

실눈 뜬 봄바람이 산문 밖 훔쳐보다
고의춤 뒤적이며 잔 가득 목젖을 적신,
속 쓰린 사내를 만났다
콩나물에 몸을 풀다

벽에는 시계가 없다

눈높이에 걸린 둥근

혹은 네모 낳게

쉼 없이 부릅뜨고 경계를 넘나들며

정적을 흔들던 초침

벽면에서 사라졌다

곧추선 시선으로

낮과 밤을 붙잡고

키 높이 읽어가며 지켜내던 버릇이

무너진 담벼락 아래

자리를 틀고 있다

시간이 눌러 붙은 산자락 저편에

늙어가던 추가 걸어놓은 기억 한 장

묏등의 자지러진 벚꽃

태엽을 감고 있다

뿌리 하나

하나였던 뿌리가 이분법 적용할 때
겨를 없는 재촉에 꽃대 하나 얹어두고
한 움큼 제 흙을 챙겨 나누었던 우리들

한 획을 그은 흔적 뒤꼍에 몸을 풀고
바람에 흔들리는 반도를 지켜주던
무채색 풍경에 젖은 오늘을 빗질한다

올곧은 뿌리들이 자리 잡은 들녘에
기억을 그러안고 뒤척이는 아버지
무성한 숲에 산화한 핏줄의 역사 하나

도배하던 날

늑늑한 기온 아래 홀씨의 보풀들이
하나둘 검색되어
움트는 멍울 자리
벽지는
몸살을 앓아
더께가 일어난다

지워낸 흔적들이 벽면에 눌러 붙어
비뚜로 자리 잡은
발자국을 읽다가
상처를
한가득 담아
도배하는 봄날 오후

얼룩을 걷어내고 초배지 두른 벽에
마름질한 일상으로 밑그림을 그린다
벽지를

덧댄 방안에

내가 아닌 내가 걷고 있다

촛불

지쳐 누운
하루가
침묵이 잦아들면

머리맡 나를 지켜
목숨 사룬
꽃대궁

외려 편
동화童話 한 소절
자장가를 듣습니다

둥지 틀어
지샌 밤
가슴을 여미우고

어머니 품안 가득

외줄 타는 그리움

여명에
살포시 젖어
스러져간 내 영혼

그 대竹를 안고

댓잎에
걸린 바람

푸르게
서걱일 때

아버지가 만든 담양 오일장의 수저통

그 대를
안고 선 가족
무성한 숲에 들다

봄, 가지를 치다

태생은 초록으로 스치는 바람 속에
가로수 흐느낌은 언제나 건조하다
추락의 버릇을 지닌 잎들만 쏟아낼 뿐

안부를 묻는 자동차 경적에 움찔대다
기침은 까치집을 땅 위로 부려놓고
회색빛 내음에 젖은 몸을 맡기고 있다

붙박인 도심 속에 닿지 못한 하늘가
거울 속 모습 읽으며 덜어내는 봄날에
도롯가 저편 토르소 동화책을 덮었다

목젖이 붉다

요양원 침대에서

기억을 그러안고

허공을 색칠하던,

아줌마 또 왔어!

노을을

움켜잡은 딸

목젖 붉게 덧칠하다

봄이 앓다

돌담 아래 기대앉은

겨울의 부스럼을

한 무리 햇살들이 얄궂게 긁어대면

침샘에

물이 차올라

스멀대는

잔기침

춘천 서씨 윤필이의 출생기

춘천 역 모퉁이에 들꽃 하나 피었다

빛을 잃은 일곱 살 윤필이 지나던 사람 손에 꺾여
변방의 붉은 건물 속 꽃병에 터를 잡고 그늘에서 그
늘로 묻혀 살던 배고픈 줄기 하나 기념 방문 사진 속
사랑놀이 앞장서 반겨주던 얼굴 뿌리 찾아 시청 넘나
들다 움켜쥔 뿌리 두 번의 탯줄 끊고 찾은 이름 하나

윤필이 춘천 서씨 시조 계보를 생성하다

자아 정체성 추구와 심미안적 발현의 시 세계

이영춘(시인)

올곧은 뿌리들이 자리 잡은 들녘에
기억을 그러안고 뒤척이는 아버지
무성한 숲에 산화한 핏줄의 역사 하나
－이종현 「뿌리 하나」 중에서

1. 자아 정체성의 발현

이종현 시인은 2023년도 경남신문 신춘문예 시조부
분 당선자다. 그는 당선 소감에서 이렇게 밝히고 있다.
"문학을 하게 된 것은 우연이었다. 37년여 전 장애의 몸
으로 대학을 고학으로 다니던 삶 속에서 문학을 만났
다. 자취방에서 지친 몸을 뒤척이다 일간지에서 마주한
독자 시조, 몇 번의 투고 끝에 활자화되면서 시작했다.
형식도 알지 못한 채 어설픈 형상화로 하루를 옮겨 적
으면서 오래도록 이어왔던 시조다."라고 고백한다. 이렇

게 이종현 시인은 20대인 대학시절, 고학생으로 시조를 접하면서 가난과 외로움과 고단한 삶을 이겨냈던 것 같다.

이종현 시인이 이렇게 일찍이 시조에 입문해 왔음에도 불구하고 등단이 늦어진 것에 대하여 그에게는 특이한 고집이 있기 때문이다. 자유시에서도 그 재능을 인정받은 바가 많았음에도 그는 꼭 중앙일보에서 실행하는 중앙시조백일장 당선만을 고집해 왔기 때문이다. 그런 집념으로 중앙시조백일장 월 장원과 차상, 차하는 수차례 당선된 바 있다. 그러나 그는 자유시에도 폭넓은 인식과 정서를 동반하고 있다. 그 증거로는 전국백일장이나 전국공모전에서 수없이 많은 수상을 한 바 있기 때문이다. 2011년 전국지용백일장에서의 대상 수상을 비롯하여 김유정 기억하기전국공모전 시 부문 대상 등 각종 수상을 수차례 하면서도 중앙시조 연말 백일장 당선만을 고집해 왔다.

이종현 시인이 시조를 고집하는 데는 이유가 있다. 그는 우리 민족 고유의 서정성을 일정한 정형의 틀型 속에 담아내는 것이 좋다는 것이다. 그 이유는 짧은 정형 속에 가장 함축된 언어만으로 주옥같은 알갱이만 집약시킬 수 있다는 것이다. 또 하나는 우리의 고유 민족

문학의 전통성을 계승 발전시켜 나가고 싶다는 것이 그의 지론이다. 글을 보면 그 사람의 인품과 인성을 알 수 있다는 말과 같이 이종현은 철저한 생활인으로 정제된 룰rule 속에서 모범적 생활 자세와도 연관이 있지 않을까 하는 생각이 들기도 한다.

이종현 시인은 이와 같이 오랜 시간 동안 시조와 함께 살아왔음에도 2024년 올해에서야 비로소 첫 시조집을 상재하게 되어서 매우 기쁘다. 이번 시조집 『아내, 활을 쏘다』는 2015년 2월 중앙시조백일장 장원 수상작품이기도 하다. 이 시집을 통하여 이종현의 시의 세계를 몇 갈래로 나누어 살펴볼 수 있다. 첫 번째는 자아성찰의 자세가 시의 심원한 발원지가 되어 나타난다. 둘째는 그가 2023년 경남신문 신춘문예 당선소감에서 "정형의 틀로 접근해 시대의 아픔을 담아내려 한다."고 밝혔듯이 사회의 약자인 그늘 진 사람들, 민초들의 삶에 시선이 집중되고 있음을 알 수 있다. 셋째는 우리 주위에서 흔히 볼 수 있고 들을 수 있는 사소한 것들에 대하여 깊은 애정의 눈길로 생명을 불어넣는다는 점이다. 그리고 넷째는 우리 인간의 근원이자 뿌리인 부모에 대한 그리움과 애착, 사랑이 그 모토를 이루고 있다. 이제 그의 작품 세계로 들어가 감상해 보자.

목 아래 드리워진 백색의 보자기에

점점이 짙어 쌓인

잘려나간 욕망들

한참을

곱씹어 본다

잡초의 모습 하나

거품 뒤에 새파랗게

얼굴이 시원하다

눈을 감고 읽어보는 날 끝의 엄숙함에

충동은

수평선 아래

정제되는 이 순간

-「이발관에서」 전문

  2수首로 구성된 연시조다. 1수에서 "백색의 보자기에/점점이 짙어 쌓인" 머리카락을 "잘려나간 욕망들"로 상징화 한다. 이런 심상은 인간의 내면적 심리를 비유한 기발한 발상이다. 그러면서 자신을 되돌아보듯 반성한다. "한참을/곱씹어 본다/잡초의 모습 하나" 같은 성찰이 그것이다. "잡초의 모습 하나"는 자격지심의 발로이다. 인간은 누구나 열등감을 가지고 있다고 한다. 이

열등감이 자아를 성장시키기도 하고 좌절시키기도 하는 동력이 된다는 것이다. 이 작품은 자아성찰의 반성이 짙게 배인 작품으로 이종현 시인의 일면을 발견할 수 있다. 그러나 "눈을 감고 읽어보는 날 끝의 엄숙함"은 자신을 고요히 다스려보겠다는 "정제되는 이 순간"이기도 하다.

이 시조를 다시 읽으면서 이종현이 시조 쓰기를 고집하는 이유를 알 것도 같다. 이렇게 정제된 정형시 속에 옹골차고 옹골진 사유와 그 사유의 의미를 함축적으로 담아냄으로써 시의 심미안적 심층구조를 극대화할 수 있기 때문이다. 이종현의 자화상과도 같은 또 다른 한 편의 시조, 「면도를 하다」를 감상해 보자.

거울 앞에 서 있는 허방 짚은 흔적이
볼부터 입과 턱으로 부스스 웃고 있다
미간이 좁혀진 아침 쓰린 하루 묻어 있다

자화상을 읽으며 면도날에 맡긴 얼굴
익숙한 손놀림에 의식을 시작한다
비뚜로 걷던 어제를 다잡는 아침 시간

거품으로 거뭇한 욕심을 잠재우고

모공을 열어젖혀 각도를 가늠한다

순방향 한 번 역방향에 일상을 마름질한다

－「면도를 하다」 전문

　이 시조 역시 「이발관에서」와 같이 '거울'을 보면서 자신의 내면을 관찰하는 자성自省의 '자화상'이다. 인생을 살아온 자신의 삶의 과정을 "허방 짚은 흔적"으로 비하한다. 자기비하 역시 열등감의 일종이다. "허방 짚은 흔적"이 종장에서는 "미간이 좁혀진 아침 쓰린 하루 묻어 있다"고 어떤 비애의 심상을 상승 고조로 은유한다. 겉보기에는 참 명랑하고 유머러스한 이종현 시인이 이렇게 시를 통하여 자기 고백 같은 "허방 짚은 흔적" 또는 "미간이 좁혀진 아침 쓰린 하루"와 같은 후회와 회의적 심상으로 어두운 이미지를 끌어내고 있다는 점이 놀랍기만 하다. 그러나 셋째 수에서 자신을 다스리겠다는 의지가 미학적 심상의 시 세계를 구축하고 있다. "거뭇한 욕심을 잠재우고" 인생살이의 각도를 가늠하듯 "모공을 열어젖혀 각도를 가늠한다"가 그것이다. 그리고 "순방향 한 번 역방향에 일상을 마름질한다"라고 삶의 어떤 방향제시를 스스로에게 명명한다. 긍정적 심상이자 반성의 자화상이 이 시조의 구심점이자 미학이다.

　이종현 시조에서 이렇게 자신을 반성하고 자신의 정

서를 유추해 내는 시조는 다양성을 띤다.

「도배하던 날」에서는 "벽지를/덧댄 방안에/내가 아닌 내가 걷고 있다"와 같이 도배한 새로운 방에서 내가 아닌 자아를 발견해 내는 심상의 발로로 자신을 유추해 낸다.「수도꼭지를 틀다」에서는 자신을 돌아보는 정서로 "오른쪽, 왼쪽으로 길들여진 버릇이"를 새로운 삶의 길을 모색하듯 "흔적을 받아 들고 햇살을 가늠하다"와 같이 새로운 이정표를 상상하기도 한다. 결국 이종현의 시조는 생활의 자세와 바른 방향만을 향하여 가고자 하는 반성의 시, 자성의 시로 작자의 아름다운 심성의 발로라 할 수 있다.

이제 그의 대표작이라고 할 수 있는 이번 시집의 표제가 된 시조「아내, 활을 쏘다」를 감상해 보자.

연애할 때

내 화살

과녁으로 받아주고

잔 가득

삼십 년을

웃음 살풋 채워 주던,

아내가

시위를 당긴다

자음 모음 날이 서다

-「아내, 활을 쏘다」 전문

이 시조의 소재는 일상적이지만 참으로 아름답게 승화된 시다. 이 시조가 더욱 우월성을 띠는 것은 이 세상 모든 부부들이 느낄 수 있는 보편적 정서가 깃들어 있기 때문이다. 문학의 3대 요소 중 하나인 '보편성'은 문학적 요소에서 그 우위를 차지한다. 그렇다. 여성이나 남성이나, 특히 남성들은 연애 시절에는 자신을 다 희생할 것처럼 사랑을 고백하다가도 결혼을 하고나면 그날로 변하더라는 부부도 있다. 이 시조에서는 남자가 변한 것이 아니라, 아내가 변했다는 의미를 함축하고 있다. "잔 가득/삼십 년을/웃음 살폿 채워 주던" 아내라니, 참 오랜 세월 동안 빈 잔을 채워준 아내다. 그런 아내가 "시위를 당긴다/자음 모음 날이 서다"라고 익살스러우면서도 참으로 재치 있는 표현으로 시조의 맛과 멋을 잘 살려내고 있는 역작이다. 이종현 시조의 또 하나의 특성은 뛰어난 상상력이다. 「열쇠는 좌우로 행동한다」라는 시조에서 그는 "두 평 반 공간을 격자로 움켜잡았다"라고 열쇠에 생명을 불어넣어 의인화 하고 있다. 이렇게 표현할 수 있다는 것은 어디까지나 상상력의 발로이다. 그리고 "철커덕, 하늘을 열고 발걸음 배웅한다"
는 것은 곧 열쇠가 하늘을 열고 출근길에 나서는 "발걸
음 배웅한다"고 의인화 기법으로 형상화 한 미학이다.
기발한 표현은 뛰어난 상상력의 발로라고 할 수 있다.

　바슐라르에 의하면 "우리 내부에 존재하는 존재생성
存在生成의 힘이 바로 그 진정한 의미에 있어서의 상상
력이다. 현실의 기능인 상상력은 의지력이나 생의 도약
보다도 더 정신적 창조의 힘을 가진 그 자체이다."라고
바슐라르는 말한다.
　이종현 시인의 상상력도 이런 동력이 작용하지 않았
을까 하는 생각을 유추해 보는 것이다. 짧은 형식의 시
조 속에 많은 의미의 동력을 지닌 시의 발상을 구현해
내고 있기 때문이다.

　2. 애련지심의 시 세계 구현

　한 시대, 혹은 한 사회가 시인을 탄생시킨다는 말이
있다. 주권찬탈을 당했던 암흑시대에 윤동주가 그렇고
이상화 이육사 등 많은 시인이 그 시대를 대변하고 암
시하는 시를 썼다. 물론 지금은 그 시대와는 다르지만

이종현 시인은 우리 사회에서 소외된 계층이나 이웃, 그늘에 살고 있는 사람들에 대한 깊은 관심과 애정에 눈길이 머물러 있다.「작업복의 하루」를 비롯하여「하늘동 1번지」,「번데기의 꿈」,「흔적」,「거미」 등의 작품이 그것이다.

> 서둘러 챙긴 아침 어둠별을 둘러메고
>
> 문 앞의 지문 인식 꾹 눌러 확인했다
>
> 곁눈질 오차도 없이 일구던 터전 저 켠
>
> 한 달 몫을 가늠하던 언어들이 맞물려
>
> 정전도 아닌 멈춤, 굴뚝은 무호흡이다
>
> 기계에 눌러 붙은 정적 녹슬어 가는 시간들
>
> 둘러업은 막내가 머리띠 손에 쥐고
>
> 울안에 갇혀버린 나를 훔쳐 읽는다
>
> 물꼬 틀 기색이 없어 앓아누운 작업복
>
> ―「작업복의 하루」 전문

　노동자들의 생활상이 잘 묘사되고 암시된 시조다. 노동에도 여러 가지 종류가 있다. 일정한 기술 없이 몸으로 때우는 막노동에서부터 고급 인력의 정신적 노동까지 그 계층은 다양하다. 이종현의 이 시조에서의 시적 대상이 된 노동자는 일반적으로 육체의 노동력을 제공한 댓가로 임금을 받아 생활을 유지해 가는 사람들을 의미한다. 이런 사람들의 생활상을 눈에 보이듯 형상화하고 있다. 2수에서 "한 달 몫을 가늠하던 언어들이 맞물려/정전도 아닌 멈춤, 굴뚝은 무호흡이다"라는 시행에서 서민의 생활상이 고스란히 클로즈업 되고 있다. 임금을 못 받은 노동자의 집 "굴뚝은 무호흡이다" 때거리(식량)가 없어서 제대로 끼니를 못 끓인다는 암시다. 가끔 뉴스에서 보면 기초생활 수급자들의 피폐한 생활상이 보도될 때가 있다. 가난과 빚을 이겨내지 못하여 끝내 어린 자식들을 데리고 일가족이 목숨을 버리고 떠났다는 빅뉴스가 자막을 얼룩지게 할 때도 많다. 물론 임금지급을 못 하는 사업주의 애환과 애타는 심정도 "기계에 눌러 붙은 정적 녹슬어 가는 시간들"에서 고스란히 암시되고 있다. 노동자나 사업주나 똑같이 녹슬고 피폐한 형상들이다.

이종현 시인은 이렇게 그늘진 구석의 사람들의 생활상을 '나'라는 화자로 설정하여 그 울림통과 공감대를 극대화하고 있다. 압권이다. 3수의 중장에서 "울안에 갇혀버린 나를 훔쳐 읽는다/물꼬 틀 기색이 없어 앓아누운 작업복"이란 형상화가 그 방증이다. 이 시조를 읽고 이

글을 쓰는 필자도 새삼 목이 메어온다. 이종현의 시선은 이런 노동자들의 삶에 계속 눈길이 머물러 동병상련의 애련함을 불러일으킨다. 「흔적」과 「거미」라는 작품에서도 그 울림은 더욱 진하고 아프게 승화된다.

> 소매로 가려진 내 손목의 흔적 하나
>
> 손 내밀 때 시선이 멈칫하다 웃는다
>
> 마음속 너머 갸웃한 표정이 젖어든다
>
> 주저 흔, 호흡을 덜어내는 선이 아니다
>
> 하루를 엮기 위해 매달리다 미끄러진
>
> 골절로 핀 고정한 후 제거한 상처였다
>
> 새벽녘 발걸음이 공사장을 서성이다
>
> 구멍 뚫린 철판을 딛고 선 나들이
>
> 문밖의 모난 풍경을 가슴에 새긴 흔적
>
> ─「흔적」 전문

몇 년 전 이종현 시인은 '장애인 복지 근로 작업장'의 계단 층계에서 넘어져 팔목을 다친 적이 있다. 아마 그때에 받았던 충격과 병원치료 후의 외상外傷으로 인하여 이 시조를 창조해 낸 것으로 인지된다. "소매로 가려진 내 손목의 흔적 하나"가 그것의 방증이다. 그리고 이 시조 속의 화자 역시 노동자는 작자 자신이다. 그 노동자는 "하루를 엮기 위해 매달리다 미끄러진" 노동자로 환유된다. 그런데 이 시조에서의 주안점은 노동에 핀트를 맞춘 것보다 노동자가 다친 팔목을 수술하고 난 후의 '상처'에 대하여 더 경도된 초점을 맞추고 있다. 노동의 대가가 상처로 남았다는 일종의 중의적 표현이다. 상처는 곧 노동이고, 노동은 곧 상처라는 등가 형식이다. 노동의 힘든 값어치를 끌어올리려는 심정적 표현의 형상화로 잘 마름한 한 필의 피륙 같은 시조다. 「거미」는 또 어떤 형상의 노동자일까? 제목만으로도 안쓰러움이 암시적으로 다가온다.

거꾸로 읽는 풍경 습성은 떨고 있다
흔들거린 모습에 가늠하는 저울 눈금
선연한
콘크리트 창
빗방울 젖어든다

골조를 감싸 안은 시멘트 빙벽에
허공 가득 출렁이다 뒤척이는 생명줄
움켜쥔

건물의 균열

줄타기하는 오늘

-「거미」 전문

　고고한 시조의 미학적 경지를 잘 살려낸 작품이다. 고층 "시멘트 빙벽에" 매달려 일을 하는 노동자를 "허공 가득 출렁이다 뒤척이는 생명줄"이라고 격조 있는 운치로 표현하고 있다. 시적 대상이 된 그 노동자들의 "생명줄"은 "움켜쥔/건물의 균열"처럼 위태롭기만 하다. 그러나 노동자는 생계를 위하여 '거미'처럼 높은 빙벽에 매달려 어쩔 수 없이 "줄타기하는 오늘"이라고 노동자들의 노동 현상을 한 폭의 그림처럼 형상화하고 있다. 빙벽을 타는 노동자를 한 마리 '거미'로 비유한 메타포는 "시인은 이미지의 재벌가다"라고 하는 그 심상이 정점에 닿아 있는 듯 뛰어난 묘사의 기법이다.

　이종현 시인의 시조에서 발현되는 민초들에 대한 서민 의식은 애련지심의 발로일 것이다. 그의 시적 대상이 된 노동자들의 모습은 다양하게 형상화된다. 「녹綠, 꽃을 피우다」는 대장간에서 일하는 노동자를 비유한 작품이다. 「수산시장의 수족관」은 제목에서 암시하는 대로 어시장 풍경의 대유代喩이다. "질통에 몸을 맡긴 아버지 어깨 위로/빗금진 햇살들이 층층이 세운 골격"(「하

늘동 1번지」)은 막노동으로 생계를 이어가는 민초들의
생활상이다. "핼쑥한 낟알들이 헛기침을 쏟아내며/공판
장 맨 앞줄에 가격을 기다린다/외로 선 아버지 그림자
장승처럼 서 있다"(「사양斜陽의 그늘」)는 하루의 노동을 마
치고 임금을 기다리는 노동자를 내 아버지로 환유하여
시적 대상이 된 노동자에 대하여 더욱 애련함을 상승,
고조시킨 기법이다. 이와 같은 작품을 더 감상해 보자.

집어등 조명 아래 주낙을 입에 물면

먹물 젖은 하늘 위 별빛이 출렁인다

비릿한 하루를 싣고 들어서는 어판장

빌딩 숲 누비다가 발목을 접질린 채

땀방울 닦은 수건 햇살에 내걸었다

소금에 젖은 아버지 하루를 흥정한다

햇살의 기울기가 낮아지는 골목 저편

속에 것 다 내주고 돌아앉은 그림자가

오징어 쭉 찢어 든 채 소주병에 젖는다

                                -「오징어와 아버지」 전문

제목에서 암시하는 대로 이 시조에서 어부는 아버지

로 환유된다. 어부의 하루가 한 폭의 그림처럼 펼쳐진다. 1수에서는 어부가 집어등을 달고 바다에서 고기를 잡는 광경에서 어판장까지 돌아오는 형상의 묘사다. 2수에서는 "빌딩 숲" 같은 어판장에서 "땀방울 닦은 수건"을 목에 걸치고 흥정을 하는 광경의 묘사다. 그리고 3수에서 "햇살의 기울기가 낮아지는 골목 저편"에서 하루의 힘든 노동을 풀어내듯 "오징어 쭉 찢어" 술로 하루의 고단함을 풀어내는 광경이다. 다소 낭만적인 요소를 곁들인 듯하지만 그 이면에 흐르는 노동자들의 고단한 일상, 혹은 그 일과를 잘 표출해 낸 수작秀作이다.

3. 발견의 눈, 창조의 능력

산스크리트어에 크란티타르시krantidarsi란 용어가 있다. "모든 사람이 볼 수 없는 것을 꿰뚫어 볼 수 있는 자, 즉 발견의 눈을 가진 자, 혹은 혁명의 눈을 가진 자"란 뜻이다. 후대에 이르러 그 의미가 확장되어 시인을 일컫는 단어로 쓰이게 된 단어이다. 시인은 그만큼 남들이 흔히 쓰지 않은, 혹은 미처 생각해 내지 못한 상징어나 메타포를 창출해 내야 한다는 뜻이다. 가령 파블로 네루다가 외로움을 표현할 때 "나는 터널처럼 외롭다"

와 같은 의미와 이미지 창출이다. 이종현 시인의 시조를 읽다 보면 가끔, 이와 같은 생각에 미칠 때가 많다.

떫은 여름 우려낸

노루 꼬리 햇살들이

감나무에

똬리 틀어

등 하나

걸어두면

툇마루

채반 속 가득

불 밝히는

어머니

-「홍시」 전문

무시로/찾는 손길에//일회용 햇살/움켜쥐고//

물 한 잔/소주 한 잔//담아내는/하루해//

오늘도/휴지통에 툭!/김씨가 몸을 푼다//

-「종이컵」 전문

위의 두 작품은 중앙시조백일장에 당선되었던 단형
시조이다. 「홍시」는 2010년 9월 '장원' 수상 작품이다. 단
형시조로 이미지 승화가 정결하여 상큼한 맛을 풍긴다.
자연물의 하나인 '홍시'를 소재로 하여 그 홍시를 다시
등불로 환유한다. 등불은 곧 어머니의 사랑의 상징으
로 환원된다. 홍시를 등불로, 등불을 다시 어머니의 사
랑으로 유추한 점층법을 통하여 '홍시'를 사랑의 등불로
환유한 아름다운 역작이다. 이종현 시인은 이렇게 하나
의 사물을 통하여 그것으로부터 유추되는 상상력을 이
끌어내 구현하고 있다. 상상력은 곧 시인의 자산이라고
하는 까닭이기도 하다.

　「종이컵」 역시 2016년 1월 중앙시조백일장 차하 당
선작이다. 초장 2구에서는 종이컵을 "일회용 햇살"로 은
유하고 있다. "햇살"을 은유함으로써 순간 종이컵의 따
뜻한 온기를 느끼게 하는 발상이 매혹적이다. 종장에
서 다시 "오늘도/휴지통에 툭!/김씨가 몸을 푼다"와 같
이 "물 한 잔/소주 한 잔"으로 피곤한 일과를 풀어내는
화자, 김씨의 혼곤함이 잔잔한 울림으로 다가온다. 서
두에서도 언급한 바와 같이 이종현이 이렇게 오랜 시간
동안 중앙시조백일장을 통하여 등단하기만을 고집하면
서 수련해 온 그간의 작품들이 이번 시집의 무게를 더
하고도 남을 것 같다. 매년마다 수상했던 작품들을 좀

더 감상하면서 그의 시 세계에 몰입해 보자.

앞을 보고 걷다가 가끔 뒤를 바라볼 뿐
함께 걷고 있는 등, 읽은 적 없었다
햇살은 가슴 몫으로 앞서 걷지 않는 그

고단한 흔적들 방바닥에 부려 놓고
뒤척이는 밤을 다독이지 못했다
일어나 기대앉은 상처 눈치채지 못했다

업어준 기억들을 손에 움켜쥐고
쓰러진 벽 아래 아버지가 있었다
내밀지 못한 그리움 쿨럭이고 있었다

-「등을 읽다」 전문

이 작품 역시 2018년 중앙시조백일장 4월 차상 작품
이다. 우리는 살면서 옆 사람 혹은 가까이 있는 사람에
대하여 무심할 때가 많다. 오랜 세월 동안 내 몸에 밴
냄새를 맡지 못하듯이 말이다. 이 시에서 1수와 2수는
이런 일상의 무심하였던 정서를 읊고 있다. "함께 걷고
있는 등, 읽은 적 없었다"가 그것이다. 1수가 무관심에
대한 외연 확장이라면 2수에서는 집안에서의 '등을 못

읽어 낸' 자성이다. "고단한 흔적들 방바닥에 부려 놓고/
뒤척이는 밤을 다독이지 못했다"라고 고백하듯 읊조린
다. 그리고 3수에서는 이미 이 세상에 안 계신 아버지를
호환하여 "업어준 기억들을 손에 움켜쥐고/쓰러진 벽
아래 아버지가 있었다"고 화자가 어리던 날 고생하시다
가 쓰러진 아버지를 모티브로 애석하고 애통함을 호소
한다. 감동적인 작품이다.

　　　태생은 말이야 얇게 저민 탄성고무

　　　입을 모아 날숨으로 한가득 넣는 거야

　　　입구가 새지 않도록 묶는 것도 필수지

　　　장소는 상관없이 혀의 경력이 필요해

　　　팔방이 팽창해야 골목을 떠돌다가

　　　부풀어 오른 소식에 귀가 달큰하거든

　　　바람결 그러모아 은밀하게 덧칠할 때

　　　귀를 닫고 돌아서 뚜벅뚜벅 걸어야 해

　　　풍선을 부는 입버릇 생이 가벼울 뿐이야

　　　　　　　　　　　　　　　-「풍선론」 전문

이 작품 역시 2022년 중앙시조백일장 1월 차상 수상

작이다. 지금까지 감상한 작품과는 사뭇 성격이 다른 의미가 함의된 시다. 일종의 풍자Satire적 성격을 띠고 있다. 풍자시는 서정시와는 달리 진실을 숨기고 다른 사물에 빗대어 정곡을 찌르는 기법이다. 제목에서도 암시되듯이 말 많은 세상, 말로 인한 피폐, 우리의 일상은 늘 풍선 같은 일이 벌어질 때가 많다. 모든 근원은 혀의 놀림 때문이다. 그런 혀의 놀림으로 가짜와 진실, 그 진실의 은폐로 지금 우리 사회는 소용돌이 치고 있기도 하다. 그러므로 "풍선을 부는 입버릇 생이 가"볍지 않아야 할 덕목이다.

4. 원초적 고향 의식과 그 서정성

우리나라에서 가장 많은 시가 '어머니'에 대한 시라고 한다. 그 다음이 아버지와 가족에 대한 시라 한다. 당연하리라 생각된다. 왜냐하면 "시는 체험이다."라고 할 때 일상생활에서 가장 가까이 있는 사람들과의 정서적 충돌과 충격을 가장 많이 주고받기 때문이다. 그러므로 시는 현실의 바탕 위에서 탄생된다는 말은 과언이 아니다. 이제 이종현 시인의 부모에 대한 사랑과 그리움을 담은 시조를 감상해 보자.

댓잎에

걸린 바람

푸르게

서걱일 때

아버지가 만든 담양 오일장의 수저통

그 대를

안고 선 가족

무성한 숲에 들다

-「그 대竹를 안고」 전문

늘그막 잃아오다 옹알이 햇살 속에

먼 길을 재촉하신 아버지의 흔적

잔기침 짙어오는 4월 마른버짐 피었다

-「산벚꽃」 전문

두 작품 모두 아버지에 대한 그리움의 정서다.「그 대
竹를 안고」는 중장에서 "아버지가 만든 담양 오일장의
수저통"에서 암시되듯 아버지가 대나무로 수저통을 만

116

들어 팔으셨던가 보다. 그 수저통을 종장에서 "그 대를/
안고 선 가족/무성한 숲에 들다"와 같이 수저통의 숟가
락들을 '가족'으로 대유代喩하여 "무성한 숲에 들다"라고
가족의 단란함을 암시한다. 참으로 오롯한 온기가 풍기
는 가작佳作이다.

「산벚꽃」은 "먼 길을 재촉하"여 떠나신 아버지를 객관
적 상관물인 "산벚꽃"으로 동일시하여 아버지를 회상하
고 그리워하는 정서다. "마른버짐 피었다"와 같이 화자
의 마음속으로 그리움이 번져온다는 상승작용의 승화
로 극대화하고 있다.

반면 어머니에 대한 그리움의 정서는 「촛불」, 「홍시」,
「어머니, 깔깔이를 박다」 등에서 나타난다.

    지쳐 누운

    하루가

    침묵이 잦아들면

    머리맡 나를 지켜

    목숨 사룬

    꽃대궁

    외려 핀

동화童話 한 소절
자장가를 듣습니다

둥지 틀어
지샌 밤
가슴을 여미우고

어머니 품안 가득
외줄 타는 그리움

여명에
살포시 젖어
스러져간 내 영혼

-「촛불」 전문

   2수로 구성된 연시조다. '촛불'은 '사랑' 혹은 '소원, 소망'의 원형 상징이다. 이 상징에서 흔히 소환되는 제재가 '어머니'이다. 이종현의 이 작품 속의 대상도 '어머니'다. 이 어머니는 한국의 보편적 어머니다. "지쳐 누운/하루가/침묵이 잦아들"고 "머리맡 나를 지켜/목숨 사룬/꽃대궁"이라는 표현과 같이 앙상하기도 하고 대궁처럼 기둥이 되는 어머니다.

또 어떤 날은 "동화 한 소절"같은 "자장가를 듣습니다"라고 어머니의 목소리를 자장가로 환유한다. 그러나 지금 그 어머니는 안 계신다. 아득한 "어머니 품안 가듯/외줄 타는 그리움"만 남아 있다. 이 세상 부모를 잃은 모든 자식들은 모두 이런 정서를 안고 살아갈 것이다. 이런 정서가 곧 문학의 '보편성'이다. 이 보편성은 전 인류에 핵核이 되고 혈루가 되는 사랑에서 근원 된다.

절 가는 길옆에서

나물 파는 할머니

산새들 노랫소리

한 움큼 얹어주던,

고의춤

텅 빈 하루해

부처가 졸고 있다

-「무명사無名寺」 전문

초장에서 밝힌 대로 "길옆에서/나물 파는 할머니"를 '부처'로 의인화한 작품이다. 이름도 없는 무명寺의 현신이다. 그러나 그 현신은 간간이 "산새들 노랫소리/한 움큼 얹어주던," 부처 같은 존재로 형상화된다. 하루 종일 나물을 팔아도 "고의춤" 주머니가 "텅 빈 하루해"로 상상하기도 한다. 그러나 이 작품은 측은지심을 유발하기보다도 정중동靜中動의 고즈넉한 미학적 시의 경지를 끌어올리고 있다. 좋은 작품으로 평가받을 만하다.

5. 다양한 시 세계의 확장과 추구

이종현 시인의 이번 첫 시조집은 그가 문학을 접한 지 30여 년간 혼자 공부하고 스스로 그 이치와 형식을 터득하면서 이뤄낸 정신의 산물이다. 문학의 여러 장르 중에서도 오로지 우리 문학의 전통성을 지닌 '시조'만을 고집해 온 과정을 보면 그의 정서와 성품과도 일맥상통한다고 볼 수 있다.

그리고 이종현 시조의 특성은 사소한 일상적인 것들에게 생명을 불어넣고 확장하여 삶의 이치와 보편적 진리를 창출해 내는데 그 역량이 남다르다. 그의 시조, 「뿌리 하나」와 같이 아버지가 남겨주신 "올곧은 뿌리들이 자리 잡은 들녘에/기억을 그러안고 뒤척이는 아버지/무성한 숲에 산화한 핏줄의 역사 하나"(「뿌리 하나」)를 세우듯이 더 넓은 안목과 사유로 이종현의 시조 세계가 더욱 깊고 넓은 세계로 뿌리를 세우면서 그 지평을 열어가기를 기대한다.

시인의 말

절실함이 없는 시조놀이에 빠져
집 한 채 짓지 못하고 뒤척이다
이제야 서까래 올리는데
낮이 뜨거워져 옵니다

실천문학 시조집
아내, 활을 쏘다

2024년 12월 13일 1판 1쇄 찍음
2024년 12월 31일 1판 1쇄 펴냄

지은이   이종현
펴낸이·편집장   윤한룡
디자인   윤려하
관리·영업   이소연
홍보   고　우

펴낸곳   (주)실천문학
등록   10-1221호(1995.10.26)
주소   경기도 남양주시 퇴계원읍 퇴계원로 52 405호
전화   02-322-2161~3
팩스   02-322-2166
홈페이지   www.silcheon.com

ⓒ 이종현, 2024

ISBN 978-89-392-3164-1 03810

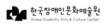
한국장애인문화예술원
Korea Disability Arts & Culture Center

이 책은 한국장애인문화예술원의 후원을 받아 2024년 장애예술 활성화 지원
사업의 일환으로 발간되었습니다.